Lo siento

Para Dylan y Megan J. E.

Dirección editorial: Raquel López Varela

Título original: *I'm Sorry*
Traducción: Sandra López Varela

Text copyright © Sam McBratney, 2000
Illustrations copyright © Jennifer Eachus, 2000
© EDITORIAL EVEREST, S. A., para la edición española, 2002
Carretera León-La Coruña, km. 5 - LEÓN
ISBN: 84-241-8020-8
Depósito Legal: LE. 672-2002
Printed in Spain - Impreso en España

EDITORIAL EVERGRÁFICAS, S. L.
Carretera León-La Coruña, km. 5
LEÓN (España)

www.everest.es

Lo siento

Sam McBratney
Ilustrado por Jennifer Eachus

EVEREST

Tengo una amiga a la que quiero
de verdad.

Tengo una amiga
a la que quiero de verdad.

En su casa o en la mía,
siempre solemos jugar.

Tengo una amiga
a la que quiero de verdad.
Una amiga muy especial.

Siempre que jugamos,
me río sin parar,
y ella también cree
que yo soy especial.

Me deja ser el
maestro cuando
enseñamos
a leer a los
muñecos...

y yo dejo que sea la doctora
y me cure los huesos.

Hacemos sonreír al niño
cuando despierta de la siesta...

A veces nos ponemos las botas,
y con los pantalones remangados

miramos la profundidad
de los charcos.

Tengo una amiga
a la que quiero de verdad.
Una amiga muy especial.

Siempre que jugamos, me río sin parar,
y ella también cree que yo soy especial.
Aunque...

Hoy le he gritado,

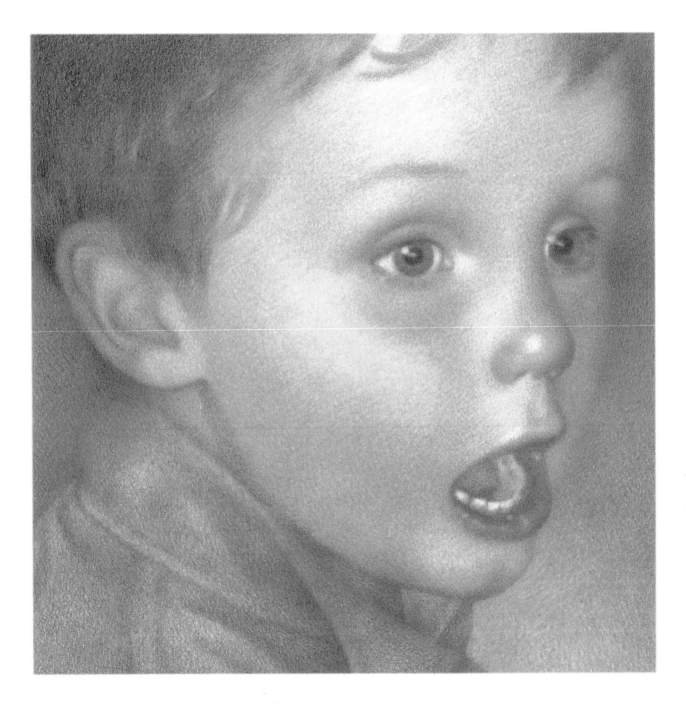

y ella me ha contestado.

Ya no le pienso volver a hablar
y ella a mí tampoco.

Hoy mi amiga me ha gritado
y yo le he contestado.
Ya no jugará más conmigo,
ni yo jugaré con ella.

Hago como si no existiera

y ella hace como si no le importara,
pero...

A mí sí me importa.

Si mi amiga estuviera
tan triste como yo,
esto es lo que haría:

Vendría a decirme: "Lo siento".

Y yo también le pediría perdón.